Paris 1 Décembre 90

COLLECTION

De Mme LAURE de CROZE

OBJETS DE VITRINE

Boites, Bonbonnières, Miniatures

ARGENTERIE ANCIENNE

PORCELAINES DE SAXE

D'ALLEMAGNE, CHINE ET JAPON

FAIENCES

MEUBLES — TABLEAUX

Me GUIDOU
COMMISSAIRE-PRISEUR

M. A. BLOCHE
EXPERT

HUMO
ADDITVS
NATVRÆ
IMPRIMERIE DE L'ART

CATALOGUE

DES

OBJETS DE VITRINE

BOITES EN OR ÉMAILLÉ ET CISELÉ

AVEC MINIATURES, EN ÉMAIL ET EN PORCELAINES

Miniatures — Étuis — Montres — Boucles

ARGENTERIE ANCIENNE

Réchaud — Huilier — Aiguières — Cafetières — Sucrier

Porcelaines de Saxe, d'Allemagne, Chine et Japon

FAÏENCES FRANÇAISES ET HOLLANDAISES

Meubles Louis XVI

Tableaux — Gravure

Appartenant à Mme LAURE DE CROZE

ET DONT LA VENTE AURA LIEU

HOTEL DROUOT, SALLE N° 3

Le Lundi 1er Décembre 1890

à 2 heures

Par le Ministère de **Me GUIDOU**, commissaire-priseur

9, boulevard de la Madeleine, 9

Assisté de **M. A. BLOCHE**, expert près la Cour d'appel

25, rue de Châteaudun, 25

Chez lesquels se distribue le présent Catalogue.

EXPOSITION PUBLIQUE

Le Dimanche 30 Novembre 1890, de 1 heure 1/2 à 5 heures 1/2

CONDITIONS DE LA VENTE

Elle sera faite *expressément* au comptant.

Les Acquéreurs payeront CINQ POUR CENT en sus des adjudications, applicables aux frais de la vente.

L'Exposition mettant les acquéreurs à même de se rendre compte de l'état et de la nature des objets, il ne sera admis aucune réclamation une fois l'adjudication prononcée.

Paris. — Imp. de l'Art. E. MÉNARD et Cie, 41, rue de la Victoire.

Désignation des Objets

BOITES, BONBONNIÈRES, BIJOUX

MINIATURES

1 — Belle bonbonnière ronde en or émaillé rouge sur fond guilloché, bordure à perles opalins, enrichie sur le couvercle d'un émail peint représentant *une Offrande à l'Amour*. Travail français du temps de Louis XVI.

2 — Jolie bonbonnière ronde en or émaillé fond gros bleu étoilé d'or, offrant sur le couvercle en peinture sur émail une scène allégorique au *Rendez-vous*. Époque Louis XVI.

3 — Boite ovale en or guilloché, bordure fond émaillé bleu avec perles opalines. Époque Louis XVI.

4 — Bonbonnière ronde en or guilloché avec bordure à cordes. Époque Louis XVI.

5 — Joli flacon couvert d'une résille d'or avec couronne, enrichi de perles, émeraudes, rubis et roses.

6 — Très jolie bonbonnière à charnière en or finement ciselé, dessin à rocailles, oiseaux et figures, bordure à cordes. Louis XV.

7 — Tabatière plate en or guilloché, bordure gravée. Époque fin XVIIIe siècle.

8 — Drageoir en argent ciselé et doré, décor à sujets mythologiques et rocailles. Époque Louis XV.

9 — Drageoir forme coquille en argent. Époque Louis XV.

10 — Petit miroir avec cadre en argent repoussé, manche en nacre. Louis XVI.

11 — Montre en or ciselé, à double boîtier émaillé, avec émail : Portrait de femme, entourages en jargons. Cadran signé : *Frères Esquivillon et de Choudens.* Époque Louis XVI.

12 — Bonbonnière ronde en écaille avec miniature : Portrait de jeune femme du temps de l'Empire, attribuée à *Isabey.*

13 — Boite rectangulaire à charnière en ancien émail de Saxe, représentant à l'intérieur et à l'extérieur des scènes d'après *Lancret*.

14 — Boîte rectangulaire en ancien émail de Saxe, représentant des paysages, des marines animés de figures, montée à charnière. Époque Louis XV.

15 — Grande bonbonnière ronde en ancienne porcelaine de Vienne, décorée de fruits, de fleurs, d'oiseaux, montée à charnière et à griffe. Louis XV.

16 — Bonbonnière en ivoire avec miniature : Portrait d'homme coiffé à la poudre. Époque Louis XV.

17 — Boite trilobée en porcelaine d'Allemagne, décor paysage avec figures, montée en argent.

18 — Boite forme oiseau en ancien émail d'Allemagne.

19 — Deux petits chevaux en porcelaine genre Saxe.

20 — Grand étui en émail d'Allemagne, décor médaillons, paysages et rocailles.

21 — Tabatière en argent gravé, décor à trophées d'attributs champêtres. Louis XVI.

22 — Pomme d'ombrelle en porcelaine de Capo di Monte, forme tête d'homme avec coiffure bizarre.

23 — Boite ovale en ancienne porcelaine de Saxe, décor à fleurs.

24 — Boite sans couvercle en vieux Saxe, décor en camaïeu vert : sujets Watteau.

25 — Broche en marcassites avec miniature sur ivoire : Jeune Femme en costume Marie-Antoinette.

26 — Broche en or et marcassites avec miniature : Portrait de femme. Style Louis XVI.

27 — Broche avec miniature : Portrait de Mlle de la Vallière, monture en or et argent, entourage de jargons.

28 — Broche en or, marcassites et pierreries, forme corbeille de fleurs. Louis XV.

29 — Très petite miniature : Portrait d'un archiduc d'Autriche; monture or enrichie de diamants.

30 — Bague camée dur : Nymphe couchée; monture or. Louis XV.

31 — Bague camée intaille : Tête de femme sur sardoine orientale; monture or.

32 — Bague or et turquoise avec vue microscopique des Défenseurs de l'Italie en 1859.

33 — Ornement de costume norvégien en argent à pampilles. Travail ancien.

34 — Croix en or avec Christ émaillé et gourdes-pampilles. Travail d'Auvergne.

35 — Croix d'Auvergne en or, dessin à facettes.

36 — Pendentif forme Saint-Esprit, en or émaillé enrichi de topazes sous paillons.

37 — Pendentif en filigrane d'argent florentin.

38 — Émail de Saxe ancien : Chien forçant un lièvre au milieu d'arabesques de fleurs.

39 — Dessus de boite en nacre : Amours et écusson en bas-relief. Louis XVI.

40 — Œuf de Pâques en argent gravé.

41 — Petite boite à poudre en vermeil repoussé, dessin figures et rocailles. Époque Louis XV.

42 — Petite cassolette en argent Louis XVI, dessin cannelé.

43 — Cachet formé par un amour debout, en bronze, patine fine de *Barbedienne*.

44 — Grande boucle Louis XVI, en cailloux du Rhin; monture or et argent.

45 — Belle boucle ovale en stras, à rubans et chatons Louis XVI; monture argent.

46 — Boucle en stras, dessin fleurs et rubans; monture or et argent. Louis XVI.

47 — Cinq boucles diverses Louis XVI, en stras; montures argent. (Sera divisé.)

48 — Petite applique porte-bijoux en bronze ciselé et doré, forme brûle-parfums. Louis XVI.

49 — Coupe-papier, forme couteau oriental, en bronze ciselé et argenté, avec gaine en velours de *Barbedienne*.

50 — Petite cage avec amour agenouillé et prisonnier, bronze doré. Louis XVI.

51 — Miroir à main monté en argent doré et émaillé, enrichi de pierreries.

52 — Grande miniature ovale sur ivoire : Portrait d'homme signé : *Barrois, 1818*.

53 — Jolie miniature ovale sur ivoire : Tête de l'accordée de village. Montée en médaillon, avec

chiffre au revers en perles et camaïeu ; cercle d'or enrichi de perles et petit cadenas émaillé. Louis XVI.

54 — Miniature ovale sur ivoire : Portrait de dame, à coiffure haute poudrée, avec rubans. Louis XVI. Cadre en bronze.

55 — Miniature ovale sur ivoire : Portrait de femme, en robe bleue décolletée, coiffure haute à la poudre. Louis XVI.

56 — Miniature ovale : Portrait de Mlle de la Vallière.

57 — Miniature ronde sur ivoire : Allégorie : Amour couché dans une coupe.

58 — Miniature ovale sur ivoire : *la Cinci*. Cadre en or.

59 — Miniature ronde sur ivoire : Jeune Femme pressant son enfant dans ses bras.

60 — Deux fixés ronds : Paysages avec figures et animaux.

61 — Miniature ronde : la Reine Marie-Antoinette et les Enfants de France.

62 — Miniature représentant une bergère avec un grand chapeau couvert de fleurs.

63 — Miniature carrée représentant une scène de famille.

64 — Feuille d'éventail représentant des scènes de fiançailles, mariage, etc.; encadrée.

ARGENTERIE

65 — Beau réchaud avec lampe à esprit-de-vin et support en argent. Travail vieux français.

66 — Aiguière à sirop et poudrière à sucre en argent, dessin à ornements Louis XV.

67 — Deux coquetiers en argent, forme Louis XIV.

68 — Grande soupière avec couvercle, en argent au poinçon; vieux Paris.

69 — Beau bas-relief, travail au repoussé sur argent : *Alexandre et Diogène*. Composition de douze figures.

70 — Bel huilier en argent repoussé, dessin Louis XVI à consoles et guirlandes, au poinçon du vieux Paris.

71 — Cafetière en argent, sur trois pieds, époque Louis XVI, vieux français.

72 — Joli petit sucrier à charnière, en argent repoussé, décor à figure, rocailles et fleurs. Époque Louis XV.

73 — Cerf en argent ciselé et repoussé, formant flacon. Époque Louis XIV.

74 — Calendrier en argent repoussé, dessin à figures d'amours, ornements et corbeilles de fleurs. Époque Louis XIV.

75 — Grande tasse à bouillon avec soucoupe forme feuille et cuillère en argent repoussé, dessin à branchages fleuris. Travail de *Vallois et Mayence.*

76 — Gobelet en argent orné de médailles. Époque Louis XV.

77 — Petit vaisseau en argent, orné de figurines de guerriers.

78 — Petit traîneau en argent, avec figurines.

79 — Quatre petites salières et quatre cuillères en argent de Love et Harvey.

80 — Boite à deux compartiments, en argent repoussé, à ornements Louis XIV.

81 — Paire de salières en argent, forme coquille, supportée par un dauphin, avec pelles à cariatides. Style Louis XIII.

82 — Tasse, soucoupe et cuillère en argent. Style Louis XVI.

83 — Cafetière mignonnette en argent, forme Louis XVI.

84 — Deux dessous de carafes avec galeries à jour, en argent.

85 — Porte-cure-dents en argent.

86 — Tête-à-tête en argent uni, avec tasses et soucoupes en porcelaine.

PORCELAINES DE SAXE

ET D'ALLEMAGNE

87 — Beau service en ancienne porcelaine de Saxe, décor à chimères, oiseaux et paysages, bords gaufrés à bouquets détachés, composé de quatre grands plats, deux plats moyens et quatre petits, quatre grands compotiers, six moyens, trois petits et quarante-six assiettes.

88 — Deux très belles soupières en ancienne porce-

laine de Saxe, avec couvercles et plats, forme ronde, cintrées, décor à rocailles en relief, médaillons à bouquets de fleurs rehaussés d'or, ornées d'anses bottes de légumes, couvercles couronnés de figures d'enfants renversant des cornes d'abondance pleines de fleurs et de fruits.

89 — Joli sucrier avec couvercle et plateau, en ancienne porcelaine de Saxe, fond gaufré à ornements, décor à bouquets de fleurs.

90 — Service en ancienne porcelaine de Saxe, composé de quatre tasses avec soucoupes, un sucrier et une chocolatière ; décor : bouquets de fleurs en couleur et écailles de poissons en bleu.

91 — Service en ancienne porcelaine de Saxe, composé de quatre tasses avec soucoupes, une théière, une boite à thé et un petit plateau, décor à sujets d'après *Watteau*, en camaïeu violet, bordures dorées.

92 — Joli plat en ancienne porcelaine de Saxe. fond gaufré, dessin vannerie, décor : médaillons à sujets d'après *Lancret*.

93 — Plat oblong à quatre lobes, en vieux Saxe, décor à bouquets de fleurs, fond gaufré.

94 — Très petit plateau en vieux Saxe, même forme, décor à sujets et bouquets de fleurs.

95 — Compotier de Saxe, décor à bouquets de fleurs en violet.

96 — Pot à crème et soucoupe en vieux Saxe, décor à bouquets détachés, bordure dorée, fond gaufré.

97 — Sucrier surbaissé en vieux Saxe, décor à fleurs dans le goût chinois.

98 — Deux belles tasses avec soucoupes en ancienne porcelaine de Saxe, décor à sujets champêtres, d'après *Teniers*.

99 — Petit sucrier en vieux Saxe, décor à fleurs.

100 — Sucrier oblong avec couvercle, sur quatre pieds, en vieux Saxe, décor à fleurs.

101 — Petite coquille en vieux Saxe, décor à fleurs.

102 — Deux tasses avec soucoupes, en vieux Saxe, décor à bouquets de fleurs et truité rocaille en rouge.

103 — Chocolatière en vieux Saxe, décor : médaillons, vues de ports et petits personnages, ornements et fleurs à rehauts d'or.

104 — Boîte à thé en vieux Cronenburg, décor : vues de châteaux et rocailles.

105 — Chope en vieux Saxe, décor : bouquets détachés.

106 — Écuelle avec couvercle et plateau de Saxe, décor : médaillons à amours en grisaille et camaïeu, ornements rehaussés d'or.

107 — Tasse et soucoupe en vieux Saxe, décor : médaillons à paysages avec figures.

108 — Douze couteaux avec manches en vieux Saxe gaufré, à fleurs.

109 — Grand couteau, manche en vieux Saxe, décor : rocailles et tête de chien.

110 — Grand couteau, manche en vieux Saxe, décor : sujets de chasse.

111 — Corbeille en vieux Cronenburg, décor à fleurs.

112 — Assiette de Saxe, époque Marcolini, bords à jour, médaillons à fleurs et rocailles.

113 — Petite jardinière en vieux Saxe, décor truité bleu, médaillons à oiseaux encadrés de fleurs d'or ; monture bronze.

114 — Petite jardinière en vieux Saxe, décor à fruits et légumes, truité rouge.

115 — Jardinière ronde à anses en vieux Saxe, décor à bouquets de fleurs détachés.

116 — Pot à crème de Saxe, décor : médaillons.

117 — Tasse et soucoupe en vieux Saxe, décor : fleurs dans le goût chinois.

118 — Deux tasses et soucoupes en vieux Zurich, décor à fleurs.

119 — Figurine de Berger en vieux Saxe, sur socle à quatre faces.

120 — Figurine de Joueuse de triangle, en vieux Saxe.

121 — Petite cariatide : l'Hiver, en vieux Saxe.

122 — Couteau et fourchette avec manches en vieux Chantilly, décor à sujets chinois.

123 — Pot à crème de Sèvres, décor à fleurs.

124 — Pot à crème de Chantilly, décor à fleurs.

125 — Deux assiettes vieux Saxe gaufré, décor : fleurs et insectes.

126 — Deux assiettes de Saxe, décor : oiseaux.

127 — Compotier vieux Saxe gaufré, décor : fruits.

PORCELAINES DE CHINE

ET DU JAPON

128 — Vase avec couvercle en vieux Chine, famille verte, décor à personnages et paysage.

129 — Deux petits vases vieux Chine, famille rose, décor à figures.

130 — Flacon en vieux Chine, décor bleu sur blanc, monté en argent.

131 — Petite potiche en ancienne porcelaine de l'Inde, décor en grisaille : Junon et le Paon.

132 — Deux jolis petits vases en vieux Chine, fond bleu fouetté, et objets d'ameublement à rehauts d'or.

133 — Potiche avec couvercle vieux Chine, famille verte, décor à arabesques.

134 — Plat en vieux Japon polychrome.

135 — Deux vases rouleaux de Chine, gris craquelé, décor en couleur.

136 — Paire de jolis vases à pans, en vieux Chine, famille verte, décor à personnages, avec couvercles en cuivre poli.

137 — Chimère de Chine formant veilleuse ou brûle-parfums, socle en bois.

138 — Deux potiches avec couvercles du Japon, polychrome, décor par compartiments à fleurs et plantes.

FAIENCES

139 — Figurine : *Porteuse d'eau*, en faïence de Delft.

140 — Neuf plats en faïence de Delft, bleue et polychrome.

141 — Plaque de Delft, décor bleu à figures de Chinois.

142 — Jardinière de Milan, décor à fleurs.

143 — Pot et bassin de Nevers, décor à fleurs.

144 — Assiette de Nevers, décor au pont.

145 — Saladier de Nevers, décor volatiles et fleurs.

146 — Soupière en vieux Rouen avec son plat, décor *à la Corne*.

147 — Quatre figurines : faïences diverses.

148 — Petite coupe en ancienne faïence de Castelli, décor : musiciens.

MEUBLES — BRONZES

149 — Console Louis XVI en bois sculpté et doré, avec guirlandes de fleurs, dessus en marbre blanc.

150 — Table à jeu en acajou et filets de cuivre. Louis XVI.

151 — Deux glaces d'appliques gravées, style vénitien, à deux lumières.

152 — Ameublement de salon en bois sculpté et laqué, couvert en soierie brochée à fleurs, époque Louis XVI ; composé d'un canapé et quatre fauteuils.

153 — Miroir triptyque Louis XIV en écaille et ébène.

154 — Coupe en bronze avec bas-relief de Levillain. Édition de *Barbedienne*.

155 — Garniture de cheminée : pendule et candélabres en bronze doré et émail cloisonné de *Barbedienne*.

156 — Petite commode dite de poupée s'ouvrant à deux battants, garnie de tiroirs à l'intérieur, en acajou et marqueterie de bois, dessin Louis XVI.

157 — Boite à musique en marqueterie de bois, jouant huit morceaux.

158 — Deux petites chaises à porteurs en étoffe de soie brochée, garnies de galons, formant vitrines.

159 — Pistolet oriental, bois incrusté d'argent.

160 — Petite pendule forme monument en bois sculpté, partie dorée. Louis XVI.

161 — Glace biseautée avec cadre en cuivre repercé et doré. Époque Louis XIII.

TABLEAUX

DE MARNE

(Attribué à)

162 — *Paysans et Paysannes avec leurs troupeaux au bord d'une rivière.*

INGRES

163 — *Étude de femme.*

Dessin.

VERNET

(D'après CARLE).

164 — *La Danse des chiens.*

Gravure en couleur de Levachez.

WINKER

165 — *Tête de la reine Élisabeth de Hongrie.*

Étude

RED. :

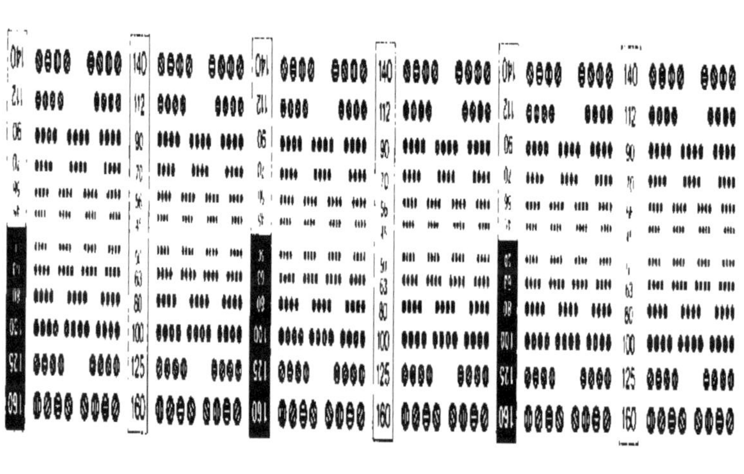

37968-70

graphicom

MIRE ISO N° 1
NF Z 43-007
AFNOR
Cedex 7 - 92080 PARIS-LA-DEFENSE

www.ingramcontent.com/pod-product-compliance
Ingram Content Group UK Ltd.
Pitfield, Milton Keynes, MK11 3LW, UK
UKHW020539180726
13839UKWH00006B/2609